文心雕龍訓故卷之七

情采第三十一

聖賢書辭總稱文章非采而何夫水性虛而淪漪結木體實而華萼振文附質也虎豹無文則鞟同犬羊犀兕有皮而色資丹漆質待文也若乃綜述性靈敷寫器象鏤心鳥跡之中織辭魚網之上其爲彪炳縟采名矣故立文之道其理有三一曰形文五色是也二曰聲文五音是也三曰情文五性是也五色雜而成黼黻五音比而成韶夏五性發而爲辭章神理之數也孝經垂典喪言不文故知君子常言未嘗質也老子疾僞故稱美言不信而五千精妙則非棄美矣莊周云辯雕萬物謂藻飾也韓非云豔采辯說謂綺麗也綺麗以豔說藻飾以雕辯文辭之變於斯極矣研味孝老則知文質附乎性情詳覽莊韓則見華實過乎淫侈若擇源於涇渭之流按轡於邪正之路亦可以馭文采矣夫鉛黛所以飾容而盼倩生於淑姿文采所以飾言而辯

麗本於情性故情者文之經辭者理之緯經正
而後緯成理定而後辭暢此立文之本源也昔
詩人什篇爲情而造文辭人賦頌爲文而造情
何以明其然蓋風雅之興志思蓄憤而吟詠情
性以諷其上此爲情而造文也諸子之徒心非
鬱陶苟馳夸飾鬻聲釣世此爲文而造情也故
爲情者要約而寫眞爲文者淫麗而煩濫而後
之作者採濫忽眞遠棄風雅近師辭賦故體情
之製日疎逐文之篇愈盛故有志深軒冕而汎

詠皐壤心纏幾務而虛述人外眞宰弗存翩其
反矣夫桃李不言而成蹊有實存也男子樹蘭
而不芳無其情也夫以草木之微依情待實況
乎文章述志爲本言與志反文豈足徵是以聯
辭結采將欲明理采濫辭詭則心理愈翳固知
翠綸桂餌反所以失魚言隱榮華殆謂此也是
以衣錦褧衣惡文太章賁象窮白貴乎反本夫
能設謨以位理擬地以置心心定而後結音理
正而後摛藻使文不滅質博不溺心正采耀乎

朱藍間色屏於紅紫乃可謂雕琢其章彬彬君
子矣

贊曰

言以文遠誠哉斯驗心術既形英華乃贍吳錦
好渝舜英徒豔繁彩寡情味之必厭　校五字

春秋左傳華元使驂乘答城者之謳曰牛則
有皮犀兕尚多役人又歌曰從其有皮丹漆
若何

老子美言不信信言不美善言不辨辨言不
善

莊子古之王天下者知雖落天地不自慮也
辨雖雕萬物不自說也

莊子道隱于小成言隱于榮華

鎔裁第三十二

情理設乎其位文采行乎其中剛柔以立本變通以趨時立本有體意或偏長趨時無方辭或繁雜蹊要所司職在鎔裁檃括情理矯揉文采也規範本體謂之鎔剪截浮詞謂之裁裁則蕪穢不生鎔則綱領昭暢譬繩墨之審分斧斤之斲削矣駢拇枝指由侈於性附贅懸疣實侈於形一意兩出義之駢枝也同辭重句文之疣贅也凡思緒初發辭采苦雜心非權衡勢必輕重

是以草創鴻筆先標三準履端於始則設情以位體舉正於中則酌事以取類歸餘於終則撮辭以舉要然後舒華布實獻替節文繩墨以外美材既斲故能首尾圓合條貫統序若術不素定而委心逐辭異端叢至駢贅必多故三準既定次討字句句有可削足見其疏字不得減乃知其密精論要語極略之體遊心竄句極繁之體謂繁與略適分所好引而伸之則兩句敷為一章約以貫之則一章刪成兩句思贍者善敷

才覈者善删善删者字去而意畱善敷者辭殊
而義顯字删而意闕則短乏而非覈辭敷而言
重則蕪穢而非贍昔謝艾王濟西凉文士張駿
以爲艾繁而不可删濟畧而不可益若二子者
可謂練鎔裁而曉繁畧矣至如士衡才優而綴
辭尤繁士龍思劣而雅好清省及雲之論機亟
恨其多而稱清新相接不以爲病蓋崇友于耳
夫美錦製衣脩短有度雖翫其采不倍領袖巧
猶難繁况在乎拙而文賦以爲榛楛勿剪庸音

足曲其識非不鑒乃情苦芟繁也夫百節成體
共資榮衛萬趣會文不離辭情若情周而不繁
辭運而不濫非夫鎔裁何以行之乎

贊曰

篇章戶牖左右相瞰辭如川流溢則泛濫權衡
損益斟酌濃淡芟繁剪穢弛於負擔

校九字

晉書謝艾仕西凉張駿爲主簿張重華時遷
中堅將軍
晉書張駿字公庭寔之子愍帝時爲凉州牧
陸士龍集與兄機書兄文章之高遠絕異不
可復稱言然猶皆欲微多但淸新相接不以
此爲病耳

文選陸機文賦彼榛楛之勿剪亦蒙榮于集
粹又故踸踔于短韻放庸音以足曲

聲律第三十三

夫音律所始本於人聲者也聲含宮商肇自血氣先王因之以制樂歌故知器寫人聲聲非學器者也故言語者文章神明樞機吐納律呂脣吻而已古之教歌先揆以法使疾呼中宮徐呼中徵夫商徵響高宮羽聲下抗喉矯舌之差攢脣激齒之異廉肉相準皎然可分今操琴不調必知改張摘文乖張而不識所調響在彼絃乃得克諧聲萌我心更失和律其故何哉良由外

聽易爲□而內聽難爲聰也故外聽之易絃以手定內聽之難聲與心紛可以數求難以辭逐凡聲有飛沉響有翕散雙聲隔字而每舛疊韻雜句而必睽沉則響發而斷飛則聲颺不還並轆轤交往逆鱗相比迂其際會則往蹇來連其爲疾病亦文家之吃也夫吃文爲患生於好詭逐新趣異故喉脣糺紛將欲解結務在剛斷左礙而尋右末滯而討前則聲轉於吻玲玲如振玉辭靡於耳纍纍如貫珠矣是以聲畫妍蚩寄

在吟詠吟詠滋味流於下句氣力窮於和韻異音相從謂之和同聲相應謂之韻韻氣一定故餘聲易遣和體抑揚故遺響難契屬筆易巧選和至難綴文難精而作韻甚易雖纖意曲變非可縷言然振其大綱不出茲論若夫宮商大和譬諸吹籥翻迴取均頗似調瑟瑟資移柱故有時而乖貳籥含定管故無往而不壹陳思潘岳吹籥之調也陸機左思瑟柱之和也槩舉而推可以類見又詩人綜韻率多清切楚辭辭楚故訛韻實繁及張華論韻謂士衡多楚文賦亦稱知楚不易可謂銜靈均之餘聲失黃鍾之正響也凡切韻之動勢若轉圓訛音之作甚於枘方免乎枘方則無大過矣練才洞鑒剖字鑽響疏識闊畧隨音所遇□□□若長風之過籟流水之浮花□□□鄭人之買櫝南郭之吹竽耳古之佩玉左宮右徵以節其步聲不失序音以律文其可忽哉

贊曰

標情務遠比音則近吹律胷臆調鍾脣吻聲得

鹽梅響滑榆槿割棄支離宮商難隱 校二十一字

韓子教歌者先揆以法疾呼中宮徐呼中徵疾不中宮徐不中徵不可謂教

韓子南郭處士爲齊宣王吹竽宣王悅之廩食以數百人湣王立好一一而聽之處士逃

章句第三十四

夫設情有宅置言有位宅情曰章位言曰句故章者明也句者局也局言者聯字以分疆明情者總義以包體區畛相異而衢路交通矣夫人之立言因字而生句積句而爲章積章而成篇篇之彪炳章無疵也章之明靡句無玷也句之清英字不妄也振本而末從知一而萬畢矣夫裁文匠筆篇有小大離章合句調有緩急隨變適會莫見定準句司數字待相接以爲用章總一義須意窮而成體其控引情理送迎際會譬舞容迴環而有綴兆之位歌聲靡曼而有抗墜之節也尋詩人擬喻雖斷章取義然章句在篇如繭之抽緒原始要終體必鱗次啓行之辭逆萌中篇之意絶筆之言追媵前句之旨故能外文綺交內義脉注跗蕚相銜首尾一體若辭失其朋則羇旅而無友事乖其次則飄寓而不安是以搜句忌於顛倒裁章貴於順序斯固情趣之指歸文筆之同致也若夫筆句無常而字有

條數四字密而不促六字格而非緩或變之以三五蓋應機之權節也至於詩頌大體以四言爲正唯祈父肇禋以二言爲句尋二言肇於黃世竹彈之謠是也三言興於虞時元首之詩是也四言廣於夏年洛汭之歌是也五言見於周代行露之章是也六言七言雜出詩騷而體之□篇成於兩漢情數運周隨時代用矣若乃改韻從調所以節文辭氣賈誼枚乘兩韻輒易劉歆桓譚百句不遷亦各有其志也昔魏武論賦嫌於積韻而善於資代陸雲亦稱四言轉句以四句爲佳觀彼制韻志同枚賈然兩韻輒易則聲韻微躁百句不遷則脣吻告勞妙才激揚雖觸思利貞曷若折之中和庶保無咎又詩人以兮字入於句限楚辭用之字出句外尋兮字承句乃語助餘聲舜詠南風用之久矣而魏武弗好豈不以無益文義耶至於夫惟蓋故者發端之首唱之而於以者乃劄句之舊體乎哉矣也亦送末之常科據事似閑在用實切巧者迴運

麗辭第三十五

造化賦形支體必雙神理爲用事不孤立夫心生文辭運裁百慮高下相須自然成對唐虞之世辭未極文而臯陶贊云罪疑惟輕功疑惟重益陳謨云滿招損謙受益豈營麗辭率然對耳易之文繫聖人之妙思也序乾四德則句句相銜龍虎類感則字字相儷乾坤易簡則宛轉相承日月往來則隔行懸合雖句字或殊而偶意一也至於詩人偶章大夫聯辭奇偶適變不勞

經營自揚馬張蔡崇盛麗辭如宋畫吳冶刻形鏤法麗句與深采並流偶意共逸韻俱發至魏晉群才析句彌密聯字合趣剖毫析釐然契機者入巧浮假者無功故麗辭之體凡有四對言對爲易事對爲難反對爲優正對爲劣言對者雙比空辭者也事對者並舉人驗者也反對者理殊趣合者也正對者事異義同者也長卿上林云脩容乎禮園翺翔乎書圃此言對之類也宋玉神女賦云毛嬙鄣袂不足程式西施掩面

比之無色此事對之類也仲宣登樓云鍾儀幽而楚奏莊舄顯而越吟此反對之類也孟陽七哀云漢祖想枌榆光武思白水此正對之類也凡偶辭胷臆言對所以爲易也徵人之學事對所以爲難也幽顯同志反對所以爲優也並貴共心正對所以爲劣也又以事對各有反正指類而求萬條自昭然矣張華詩稱遊鴈比翼翔歸鴻知接翮劉琨詩言宣尼悲獲麟西狩泣孔丘若斯重出卽對句之騈枝也是以言對爲美

貴在精巧事對所先務在允當若兩事相配而優劣不均是驥在左驂駑爲右服也若夫事或孤立莫與相偶是夔之一足踸踔而行也若氣無奇類文乏異采碌碌麗辭則昏睡耳目必使理圓事密聯璧其章迭用奇偶節以雜佩乃其貴耳類此而思理斯見也

贊曰

體植必兩辭動有配左提右挈精味兼載炳爍聯華鏡靜含態玉潤雙流如彼珩佩

校三字 七卷共校

四十一字

書皐陶曰罪疑惟輕功疑惟重與其殺不辜寧失不經

書益贊于禹曰滿招損謙受益時乃天道

易文言同聲相應同氣相求雲從龍風從虎

易係辭乾以易知坤以簡能易則易知簡則易從易知則有親易從則有功

易係辭日往則月來月往則日來日月相推而明生焉寒往則暑來暑往則寒來寒暑相推而歲成焉

慎子毛嬙西施天下之至姣也衣以皮褐則見者皆走衣以玄錫則行者皆止

春秋左傳晉囚鄖公鍾儀于軍府晉公見而問之曰南冠而縶者誰也有司對曰鄖人所獻楚囚也使稅之問其族曰伶人也與之琴操南音范文子曰楚囚君子也樂操土風不忘舊也

史記莊舄仕楚有頃而病楚王曰舄故越之

鄙人也今仕楚執珪矣亦思越否左右對曰凡人之思故在其病也彼思越則越聲不思越則且楚聲使往聽之尚越聲也

文選張衡西京賦豈伊不懷歸于枌榆李善注漢書曰高祖禱豊枌榆社

文選張衡東京賦我世祖忿之乃龍飛白水鳳翔參墟薛綜注白水謂南陽白水縣世祖所起之處也東觀漢記考侯仁徙封南陽白水鄉

文心雕龍訓故卷之七終

文心雕龍訓故卷之八

比興第三十六

詩文弘奧包韞六義毛公述傳獨標興體豈不
以風通而賦同比顯而興隱哉故比者附也興
者起也附理者切類以指事起情者依微以擬
議起情故興體以立附理故比例以生比則畜
憤以斥言興則環譬以託諷蓋隨時之義不一
故詩人之志有二也觀夫興之託諭婉而成章
稱名也小取類也大關雎有別故后妃方德尸
鳩貞一故淑人象儀儀取其貞無從於夷禽德
貴其別不嫌於鷙鳥明而未融故發注而後見

也且何謂爲比蓋寫物以附意颺言以切事者
也故金錫以喻明德珪璋以譬秀民螟蛉以類
教誨蜩螗以寫號呼澣衣以擬心憂卷席以方
志固凡斯切象皆比義也至如麻衣如雪兩驂
如舞若斯之類皆比類者也楚襄信讒而三閭
忠烈依詩製騷諷兼比興炎漢雖盛而辭人夸
毗諷刺道喪故興義銷亡於是賦頌先鳴故比

體雲構紛紜雜遝信舊章矣夫比之爲義取類不常或喻於聲或方於貌或擬於心或譬於事宋玉高唐云纖條悲鳴聲似竽籟此比聲之類也枚乘菟園云焱焱紛紛若塵埃之間白雲此則比貌之類也賈生鵩賦云禍之與福何異糾纆此以物比理者也王襃洞簫云優柔溫潤如慈父之愛子也此以聲比心者也馬融長笛云繁縟絡繹范蔡之說也此以響比辯者也張衡南都云起鄭舞蠒抽緒此以容比物者也若斯

之類辭賦所先日用乎比月忘乎興習小而棄大所以文謝於周人也至於楊班之倫曹劉以下圖狀山川影寫雲物莫不纖綜比義以敷其華驚聽囘視資此效績又安仁螢賦云流金在沙季鷹春詩云青條若總翠皆其義者也故比類雖繁以切至爲貴若刻鵠類鶩則無所取焉

贊曰

詩人比興觸物圓覽物雖胡越合則肝膽擬容取心斷辭必敢攢雜詠歌如川之渙

校十五字

詩關雎關關雎鳩在河之洲郭璞曰雎鳩鵰
類山陰陸氏曰雎鳩交則雙翔別則立而異
處是謂鷙而有別
詩鳲鳩鳲鳩在桑其子七兮淑人君子其儀
一兮詩衛風淇澳有斐君子如金如錫卷阿
顒顒昂昂如珪如璋小宛螟蛉有子蜾蠃負
之教誨爾子式穀似之蕩如蜩如螗如沸如
羹柏舟心之憂矣如匪澣衣柏舟我心匪席
不可卷也蜉蝣蜉蝣掘閱麻衣如雪大叔于
田執轡如組兩驂如舞
賦苑潘岳螢火賦熠熠熒熒若丹英之照葩
飄飄頻頻若流金之在沙
晉書張翰字季鷹吳郡人為齊王冏東曹掾
翰詩有青條若總翠黃華如散金

夸飾第三十七

夫形而上者謂之道形而下者謂之器神道難摹精言不能追其極形器易寫壯辭可得喻其眞才非短長理自難易耳故自天地以降豫入聲貌文辭所被夸飾恒存雖詩書雅言風格訓世事必宜廣文亦過焉是以言峻則嵩高極天論狹則河不容舠說多則子孫千億稱少則民靡孑遺襄陵舉滔天之目倒戈立漂杵之論辭雖已甚其義無害也且夫鴞音之醜豈有泮林

而變好荼味之苦寧以周原而成飴並意深襃讚故義成矯飾大聖所錄以垂憲章孟軻所謂說詩者不以文害辭不以辭害意也自宋玉景差夸飾始盛相如憑風詭濫愈甚故上林之館奔星與宛虹入軒從禽之盛飛廉與焦明俱獲及揚雄甘泉酌其餘波語瓌奇則假珍於玉樹言峻極則顛墜於鬼神至東都之比目西京之海若驗理則理無可驗窮飾則飾猶未窮矣又子雲校獵鞭宓妃以饟屈原張衡羽獵困玄冥

於朔野孌彼洛神既非魍魅惟此水恠亦非魑
魅而虛用濫形不其疎乎此欲夸其威而其事
義睽剌也至如氣貌山海體勢宮殿嵯峨揭業
熠燿焜煌之狀光釆煒煒而欲然聲貌岌岌其
將動矣莫不因夸以成狀沿飾而得奇也於是
後進之才奬氣挾聲軒翥而欲奮飛騰躑而羞
跼步辭入煒燁春藻不能程其豔言在萎絶寒
谷未足成其凋談歡則字與笑並論感則聲共
泣偕信可以發蘊而飛滯披瞽而駭聾矣然飾

窮其要則心聲鋒起夸過其理則名實兩乖若
能酌詩書之曠旨剪揚馬之甚泰使夸而有節
飾而不誣亦可謂之懿也

贊曰

夸飾在用文豈循檢言必鵬運氣靡鴻漸倒海
探珠傾崑取琰曠而不溢奢而無玷　校七字

詩崧高崧高維嶽峻極于天河廣誰謂河廣
曾不容刀泮水翩彼飛鴞集于泮林食我桑
椹懷我好音瓜瓞周原膴膴堇荼如飴
文選註景差楚大夫與宋玉俱事楚襄王
文選司馬相如上林賦奔星更于閨闥宛虹
拖于楯軒又徑峻赴險越壑厲水椎飛廉弄

獬豸又拂鷖鳥捎鳳凰提鵷鶵掩焦明

文選揚雄甘泉賦翠玉樹之青葱兮壁馬犀之璘㻞

文選班固西都賦投文竿出比目

文選張衡西京賦海若遊于玄渚鯨魚失流而蹉跎

文選揚雄羽獵賦鞭洛水之宓妃餉屈原與彭胥賦苑張衡羽獵賦文不全無困玄冥于朔野之語

事類第三十八

事類者蓋文章之外據事以類義援古以證今者也昔文王繇易剖判爻位既濟九三遠引高宗之伐明夷六五近書箕子之貞斯畧舉人事以徵義者也至若胤征羲和陳正典之訓盤庚誥民叙遲任之言此全引成辭以明理者也然則明理引乎成辭徵義舉乎人事迺聖賢之鴻謨經籍之通矩也大畜之象君子以多識前言往行亦有包於文矣觀夫屈宋屬篇號依詩人

雖引古事而莫取舊辭唯賈誼鵩賦始用鶡冠之說相如上林撮引李斯之書此萬分之一會也及揚雄百官箴頗酌於詩書劉歆遂初賦歷叙於紀傳漸漸綜採矣至於崔班張蔡遂捃摭經史華實布濩因書立功皆後人之範式也夫薑桂同地辛在本性文章由學能在天資才自內發學以外成有飽學而才餒有才富而學貧學貧者迍邅於事義才餒者劬勞於辭情此內外之殊分也是以屬意立文心與筆謀才爲盟

主學爲輔佐主佐合德文采必霸才學褊狹雖美少功夫以子雲之才而自奏不學及觀書石室乃成鴻采表裏相資古今一也故魏武稱張子之文爲拙然學問膚淺所見不博專拾掇崔杜小文所作不可悉難難便不知所出斯則寡聞之病也夫經典沈深載籍浩汗實群言之奥區而才思之神皐也揚班以下莫不取資任力耕耨縱意漁獵操刀能割必裂膏腴是以將贍才力務在博見狐腋非一皮能温雞蹠必數千

而飽矣是以綜學在博取事貴約校練務精捃理須覈衆美輻湊表裏發揮劉邵趙都賦云公子之客叱勁楚令歃盟管庫隸臣呵强秦使鼓缶用事如斯可謂理得而義要矣故事得其要雖小成績譬寸轄制輪尺樞運關也或微言美事置於閑□是綴金翠於足脛靚粉黛於胷臆也凡用舊合機不啻自其口出引事乖謬雖千載而爲瑕陳思群才之英也報孔璋書云葛天氏之樂千人唱萬人和聽者因以蔑韶夏矣此

引事之實謬也按葛天之歌唱和三人而已相如上林〻云奏陶唐之舞聽葛天之歌千人唱萬人和唱和千萬人乃相如[接]人然而濫侈葛天推三成萬者信賦妄書致斯謬也陸機園葵詩云庇足同一智生理合異端夫葵能衛足事譏鮑莊葛藟庇根辭自樂豫若譬葛為葵則引事為謬若謂庇勝衛則改事失真斯又不精之患夫以子建明練士衡沈密而不免於謬曹仁之謬高唐又曷足以嘲哉夫山木為良匠所度經

書為文士所擇木美而定於斧斤事美而制於刀筆研思之士無慚匠石矣

贊曰

經籍深富辭理遐亘皜如江海鬱若崑鄧文梓共採瓊珠交贍用人若已古來無懵 校八字

易既濟九三高宗伐鬼方三年克之

易明夷六五箕子之明夷利貞

書胤征政典曰先時者殺無赦不及時者殺無赦

書盤庚遲任有言曰人惟求舊器非求舊惟新

鶡冠子幹流遷徙固無休息鵩賦萬物變化兮固無休息幹流而遷兮或推而還

文選李斯逐客書建翠鳳之旗樹靈鼉之鼓
上林賦建翠華之旗樹靈鼉之鼓
古文苑揚雄太僕箴王用三驅易語將作大
匠箴鳥鼠攸去詩語
古文苑劉歆從五原太守之官經歷故晉之
域作遂初賦遂初者言顯仕之初君門無壅
也其中劇强秦之暴虐兮弔趙括于長平感
往事意皆紀傳中事
古文苑揚雄答劉歆書雄爲郎之歲自奏少
不得學而心好沈博絕麗之文願不受三歲
之奉且休脫直事之繇得肆心廣意以自克
就有詔可不奪奉令尚書賜筆墨錢六萬得
觀書于石渠
呂氏春秋善學者若齊王之食鷄也必食其
蹠數千而後足
魏志劉邵字孔才邯鄲人黄初中爲尚書郎
嘗著趙都賦明帝美之
史記趙王與秦王會澠池趙王爲秦王鼓瑟

藺相如請秦王擊缻秦王不肯相如曰五步
之内臣得以頸血濺大王矣于是秦王不懌
爲一擊缻相如本宦者繆賢舍人故云管庫
隷臣
春秋左傳齊刖鮑牽孔子曰鮑莊子之智不
如葵葵猶能衛其足
春秋左傳宋昭公將去群公子樂豫曰不可
公族公室之枝葉也若去之則本根無所庇
廕矣葛藟猶能庇其本根況國君乎
春秋左傳山有木工則度之賓有禮主則擇
之

練字第三十九

夫文象列而結繩移鳥跡明而書契作斯乃言語之體貌而文章之宅宇也倉頡造之鬼哭粟飛黄帝用之官治民察先王聲教書必同文輶軒之使紀言殊俗所以一字體總異音周禮保氏掌教六書秦滅舊章以吏爲師及李斯刪籀而秦篆興程邈造隸而古文廢漢初草律明著厥法太史學童教試六體又吏民上書字謬輒劾是以馬字缺畫而石建懼死雖云性慎亦時

重文也至孝武之世則相如譔篇及宣成二帝徵集小學張敞以正讀傳業揚雄以奇字纂訓並貫練雅頌總閱音義鳴筆之徒莫不洞曉且多賦京苑假借形聲是以前漢小學率多瑋字非獨制異乃共曉難也暨乎後漢小學轉疎複文隱訓臧否太半及魏代綴藻則字有常檢追觀漢作翻成阻奥故陳思稱揚馬之作趣幽旨深讀者非師傳不能析其辭非博學不能綜其理豈直才懸抑亦字隱自晉來用字率從簡易

時並習易人誰取難今一字詭異則群句震驚
三人弗識則將成字妖矣後世所同曉者雖難
斯易時所共廢雖易斯難趣舍之間不可不察
夫爾雅者孔徒之所纂而詩書之襟帶也倉頡
者李斯之所輯而鳥籀之遺體也雅以淵源詁
訓頡以苑囿奇文異體相資如左右肩股該舊
而知新亦可以屬文若夫義訓古今興廢殊用
字形單複妍蚩異體心既託聲於言亦寄形
於字諷誦則績在宮商臨文則能歸字形矣是

以綴字屬篇必須練擇一避詭異二省聯邊三
權重出四調單複詭異者字體瓌怪者也曹攄
詩稱豈不願斯遊褊心惡啕呶兩字詭異大疵
美篇況乃過此其可觀乎聯邊者半字同文者
也狀貌山川古今咸用施於常文則齟齬爲瑕
如不獲免可至三接三接之外其字林乎重出
者同字相犯者也詩騷適會而近世忌同若兩
字俱要則寧在相犯故善爲文者富於萬篇貧
於一字一字非少相避爲難也單複者字形肥

瘠者也瘠字累句則纖疎而行劣肥字積文則黯黮而篇闇善酌字者參伍單複磊落如珠矣凡此四條雖文不必有而體例不無若值而莫悟則非精解至於經典隱曖方冊紛綸簡蠹帛裂三寫易字或以音訛或以文變子思弟子於穆不祀者音訛之異也晉之史記三豕渡河文變之謬也尚書太傳有別風淮雨帝王世紀云列風淫雨別列淮淫字似潛移淫列義當而不奇淮別理乖而新異傳毅制誄已用淮雨固知愛奇之心古今一也史之闕文聖人所慎若依義棄奇則可與正文字矣

贊曰

篆隸相鎔倉雅品訓古今殊跡妍蚩異分字靡異流文阻難運聲畫昭情墨采騰奮

校十三字

淮南子本經訓昔者倉頡作書而天雨粟鬼夜哭風俗通周秦常以歲八月遣輶軒之使採異代方言還奏之永藏秘室

周禮地官保氏教國子六藝五曰六書鄭司農注象形會意轉注處事假借諧聲也

漢書藝文志史籀篇者周時史官教學童書也與孔氏壁中古文異體倉頡七章者秦丞相李斯所作也文字多取史籀篇而篆體復

頗異所謂秦篆也是時始造隸書矣起于官獄多事苟趨省易施之于徒隸也又漢興蕭何草律亦著其法曰太史試學童以六體試之課最者以爲尚書御史史書令史吏民上書字或不正輒舉劾

漢書石建爲郎中令奏事事下建讀之驚恐曰書馬者與尾而五今四不足一獲譴死矣

漢書藝文志武帝時司馬相如作凡將篇無復字成帝元始中徵天下通小學者以百數各令記字于庭中揚雄取其有用者以作訓纂篇又倉頡多古字俗儒失其讀宣帝時徵齊人能正讀者張敞從受之傳至外孫之子杜林爲作訓故

漢書張敞字子高平陽人爲京兆尹杜鄴少孤其母張敞女鄴從敞子吉學問以孝廉爲郎吉子竦又幼孤從鄴學問亦著于世尤長小學鄴子林亦有雅材其正文字過于鄴竦故世言小學者由杜公

說文序七國文字異形秦并天下李斯乃奏同之罷其與秦文不合者作倉頡篇

晋書曹攄字彥遠譙國人歷官高密王左司馬

孔子家語子夏見讀史志者曰晋師伐秦三豕渡河子夏曰非也己亥耳讀者問諸晋史果云己亥

隱秀第四十

夫心術之動遠矣文情之變深矣源奥而派生根盛而頴峻是以文之英蕤有秀有隱隱也者文外之重旨者也秀也者篇中之獨拔者也隱以複意爲工秀以卓絶爲巧斯乃舊章之懿績才情之嘉會也夫隱之爲體義生文外秘響傍通伏采潛發譬爻象之變玄體川瀆之韞珠玉也故玄體變爻而成化四象珠玉潛水而瀾表方圓以下有脫誤風動秋草邊馬有歸心氣寒而事

傷此覊旅之怨曲也凡文集勝篇不盈十一篇章秀句裁可百二並思合而自逢非研慮之所果也或有雕削取巧雖美非秀矣故自然會妙譬卉木之耀華潤色取美譬繒帛之染朱綠朱綠染繒深而繁鮮英華曜樹淺而煒燁秀句所以照文苑蓋以此也

贊曰

深文隱蔚餘味曲包辭生互體有似變爻言之秀矣萬慮一交動心驚耳逸響笙匏 校一字 八卷共校

四十三字

文心雕龍訓故卷之八終

謬哉夫辯言而數蹄選勇而驅閹尹失理太甚故舉以爲戒丹青初炳而後渝文章歲久而彌光若能隱括於一朝可以無慙於千載也

贊曰

羿氏舛射東野敗駕雖有俊才謬則多謝斯言一玷千載弗化令章靡疚亦善之亞　校五字

曹子建集武帝誄幽闥一扃尊靈永蟄又冬至獻襪頌翺翔萬域聖體浮輕此上明帝也

番黃門集金鹿哀辭將反如疑回首長顧

禮記玉藻父没而不能讀父之書手澤存焉衛母没而杯圈不能飲焉口澤存焉爾

禮記問喪親喪其往送也如慕其來也如疑

晉書向秀字子期河内懷人與嵇康善及康誅後秀過山陽作賦感舊云昔李斯之受罪兮嘆黃犬而長吟悼嵇生之永辭兮顧日影而彈琴

春秋左傳陽虎欲去三桓劫公與武叔以伐孟氏戰于棘下陽氏敗說甲如公宮取寶玉大弓以出

莊子將爲胠篋探囊發匱之盜而爲守備則必攝緘縢固扃鐍此世俗之所謂知也

戰國策楚有養由基者善射去柳葉百步而射之百發百中左右皆曰善客曰夫射柳葉者百發百中而不以善息少焉氣力倦弓撥矢鉤一發不中前功盡矣

莊子東野稷以御見莊公進退中繩莊公以爲文弗如也使之鉤百而反顏闔遇之入見曰稷之馬將敗公密而不應少焉果敗公曰子何以知之闔曰馬力竭矣而猶求焉故曰敗

尸子中黄伯曰我左執太行之獶右執雕虎

雅象之未試

養氣第四十二

昔王充著述制養氣之篇驗已而作豈虛造哉夫耳目鼻口生之役也心慮言辭神之用也率志委和則理融而情暢鑽礪過分則神疲而氣衰此性情之數也夫三皇辭質心絕於道華帝世始文言貴於敷奏三代春秋雖沿世彌縟並適分胷臆非牽課才外也戰代技詐攻奇飾說漢世迄今辭務日新爭光鬻采慮亦竭矣故淳言以比澆辭文質懸乎千載率志以方竭情勞逸差於萬里古人所以餘裕後進所以莫遑也

凡童少鑒淺而志盛長艾識堅而氣衰志盛者思銳以勝勞氣衰者慮密以傷神斯實中人之常資歲時之大較也若夫器分有限智用無涯或慚鳧企鶴瀝辭鐫思於是精氣內銷有似尾閭之波(一作洩)神志外傷同乎牛山之木(一作伐)怛惕之成疾亦可推矣至如仲任置硯以綜述叔通懷筆以專業既暄之以歲序又煎之以日時是以曹公懼爲文之傷命陸雲歎用思之困神

非虛談也夫學業在勤故有錐股自厲至於文
也則申寫鬱滯故宜從容率情優柔適會若銷
鑠精膽蹙迫和氣秉牘以驅齡灑翰以伐性豈
聖賢之素心會文之直理哉且夫思有利鈍時
有通塞沐則心覆且或反常神之方昏再三愈
黷是以吐納文藝務在節宣清和其心調暢其
氣煩而即捨勿使壅滯意得一作理鎔則舒懷以命
筆理伏則投筆以卷懷逍遙以針勞談笑以藥
勌常弄閑於才鋒賈餘於文勇使刃發如新
腠理無滯雖非胎息之萬術斯亦衛氣之一方
也

贊曰

紛哉萬象勞矣千想玄神宜寶素氣資養水停
以鑒火靜而朗無擾文慮鬱此精爽　校八字

學業在勤段一本作學業在勤功庸弗怠故
有錐股自厲和熊以苦之人至于文也含氣
無依故有申寫鬱滯玄解頓付之輩
謝承後漢書王充字仲任門墻屋柱皆施筆
硯著論衡八十五篇中有氣壽篇
後漢書曹褒字叔通慕叔孫通劉漢禮儀晝
夜研精寢則懷抱筆扎當其念至忘所適之
陸士龍集與兄機書兄文章已自行天下家

步無所在且用思困人亦不事復及以此自
勞當自消息
戰國策蘇秦乃發書陳篋數十得太公陰符
伏而誦之讀書欲睡引錐自刺其股曰安有
說人主不能出其金玉錦繡取卿相之尊者
乎
春秋左傳晉文公之入也豎須求見公辭焉
以沐豎須謂僕人曰沐則心覆心覆則圖反
宜吾不得見也

附會第四十三

何謂附會謂總文理統首尾定與奪合涯際彌綸一篇使雜而不越者也若築室之須基構裁衣之待縫緝矣夫才量學文宜正體製必以情志爲神明事義爲骨髓辭采爲肌膚宮商爲聲氣然後品藻玄黃摛振金玉獻可替否以裁厥中斯綴思之常數也凡大體文章類多枝派整派者依源理枝者循幹是以附辭會義務總綱領驅萬塗於同歸貞百慮於一致使衆理雖繁而無倒置之乖群言雖多而無棼絲之亂扶陽而出條順陰而藏跡首尾周密表裏一體此附會之術也夫畫者謹髮而易貌射者儀毫而失墻銳精細巧必疎體統故宜詘寸以信尺枉尺以直尋棄偏善之巧學具美之績此命篇之經畧也夫文變無方意見浮雜約則義孤博則辭叛率故多尤需爲事賊且才分不同思緒各異或製首以通尾或片接以寸附然通製者蓋寡接附者甚衆若統緒失宗辭味必亂義脈不流

則偏枯文體夫能懸識腠理然後文節自會如膠之粘木豆之合黃矣是以駟牡異力而六轡如琴並駕齊驅而一轂統輻馭文之法有似於此去留隨心修短在手齊其步驟總轡而已故善附者異旨如肝膽拙會者同音如胡越改章難於造篇易字艱於代句此已然之驗也昔張湯疑奏而再卻虞松草表而屢譴並理事之不明而辭旨之失調也及倪寬更草鍾會易字而漢武歎奇晉景稱善者乃理得而事明心敏而辭當也以此而觀則知附會巧拙相去遠哉若夫絕筆斷章譬乘舟之振楫會詞切理如引轡以揮鞭克終底績寄深寫遠若首唱榮華而媵句憔悴則遺勢鬱湮而餘風不暢此周易所謂臀無膚其行次且也惟首尾相援則附會之體固亦無以加於此矣

贊曰

篇統間關情數稠疊原始要終疏條布葉道味相附懸緒自接如樂之和心聲克協

校二十六字

呂氏春秋處方篇令夫射者儀毫而失墻畫
者儀髮而易貌言審本也
漢書兒寛千乘人爲廷尉從史會廷尉有疑
奏已再見卻矣寛爲言其意掾史因使寛爲
奏卽時得可異日張湯見上問曰前奏非俗
吏所及誰爲之者湯言兒寛上曰吾固聞之
久矣
世說司馬景王命中書令虞松作表再呈不
可鍾會取視爲定五字松悅服以呈景王王
曰不當爾耶

總術第四十四

今之常言有文有筆以爲無韻者筆也有韻者文也夫文以足言理兼詩書别目兩名自近代耳顏延年以爲筆之爲體言之文也經典則言而非筆傳記則筆而非言請奪彼矛還攻其盾矣何者易之文言豈非言文若筆不言文不得云經典非筆矣將以立論未見其論立也予以爲發口爲言屬筆曰翰常道曰經述經曰傳經傳之體出言入筆筆爲言使可强可弱分經以

典奥爲不利非以言筆爲優劣也昔陸氏文賦號爲曲盡然汎論纖悉而實體未該故知九變之貫匪窮知言之選難備矣凡精慮造文各競新麗多欲練辭莫肯研術落落之玉或亂乎石碌碌之石時似乎玉精者要約匱者亦尠博者該贍蕪者亦繁辯者昭晳淺者亦露奥者複隱詭者亦典或義華而聲悴或理拙而文澤知夫調鐘未易張琴實難伶人告和不必盡窕槬之中動用揮扇何必窮初終之韻魏文比篇章於

音樂蓋有徵矣夫不截盤根無以驗利器不剖文奧無以辯通才才之能通必資曉術自非圓鑒區域大判條例豈能控引情源制勝文苑哉是以執術馭篇似善奕之窮數無術任心如博塞之邀遇（一作遨遊）故博塞之文借巧儻來雖前驅有功而後援難繼少既無以相接多亦不知所刪乃多少之非惑何妍蚩之能制乎若夫善奕之文則術有恒數按部整伍以待情會因時順機動不失正數逢其極機入其巧則義味騰躍

而生辭氣叢雜而至視之則錦繪聽之則絲簧味之則甘腴佩之則芬芳斷章之功於斯盛矣夫驥足雖駿纆牽忌長以萬分一累且廢千里況文體多術共相彌綸一物攜貳莫不解體所以列在一篇備總情變譬三十之輻共成一轂雖未足觀亦鄙夫之見也

贊曰

文場筆苑有術有門務先大體鑑必窮源乘一總萬舉要治繁思無定契理有恒存

校五字

漢書武帝元朔元年春三月詔詩云九變復貫知言之選

春秋左傳周靈王將鑄無射伶州鳩曰夫音樂之輿也而鐘樂之器也窕則不咸槬則不容今鐘槬矣王心弗容

文選魏文帝典論文以氣爲主氣之清濁有體不可力强而致譬諸音樂曲度雖均節奏同檢至于引氣不齊巧拙有素雖在父兄不能以移子弟

時序第四十五

時運交移質文代變古今情理如可言乎昔在陶唐德盛化鈞野老吐何力之談郊童含不識之歌有虞繼作政阜民暇薰風詩於元后爛雲歌於列臣盡其美者何乃心樂而聲泰也至大禹敷土九序詠功成湯聖敬猗歟作頌逮姬文之德盛周南勤而不怨太王之化淳邠風樂而不淫幽厲昏而板蕩怒平王微而黍離哀故知歌謠文理與世推移風動於上而波震於下者

春秋以後角戰英雄六經泥蟠百家飆駭方是時也韓魏力政燕趙任權五蠹六虱嚴於秦令唯齊楚兩國頗有文學齊開莊衢之第楚廣蘭臺之宮孟軻賓館荀卿宰邑故稷下扇其清風蘭陵鬱其茂俗鄒子以談天飛譽騶奭以雕龍馳響屈平聯藻於日月宋玉交彩於風雲觀其豔說則籠罩雅頌故知暐燁之奇意出乎縱橫之詭俗也爰至有漢運接燔書高祖尚武戲儒簡學雖禮律草創詩書未遑然大風鴻鵠之歌

亦天縱之英作也施及孝惠迄于文景經術頗
興而辭人勿用賈誼抑而鄒枚沉亦可知已逮
孝武崇儒潤色鴻業禮樂爭輝辭藻競騖栢梁
展朝讌之詩金堤製恤民之詠徵枚乘以蒲輪
申主父以鼎食擢公孫之對策歎兒寬之擬奏
買臣負薪而衣錦相如滌器而被繡於是史遷
壽王之徒嚴終枚皐之屬應對固無方篇章亦
不匱遺風餘采莫與比盛越昭及宣實繼武績
馳騁石渠暇豫文會集雕篆之軼材發綺縠之
高喻於是王褒之倫底祿待詔自元暨成降意

圖籍笑玉屑之談清金馬之路子雲銳思於千
首子政讐校於六藝亦已美矣爰自漢宣迄至
成哀雖世漸百齡辭人九變而大抵所歸祖述
楚辭靈均餘影於是乎在自哀平陵替光武中
興深懷圖讖頗略文華然杜篤獻誄以免刑班
彪參表以補令雖非旁求亦不遐棄及明帝疊
耀崇愛儒術肄禮璧堂講文虎觀孟堅珥筆于
國史賈逵給札於瑞頌東平擅其懿文沛王振

其通論帝則藩儀輝光相照矣自安和已下迄
至順桓則有班傅三崔王馬張蔡磊落鴻儒才
不時乏而文章之選存而不論然中興之後群
才稍改前轍華實所附斟酌經辭蓋歷政講聚
故漸靡儒風者也降及靈帝時好辭製造羲皇
之書開鴻都之賦而樂松之徒招集淺陋故楊
賜號爲驩兜蔡邕比之俳優其餘風遺文蓋蔑
如也自獻帝播遷文學蓬轉建安之末區宇方
輯魏武以相王之尊雅愛詩章一作篇翰文帝以副

君之重妙善辭賦陳思以公子之豪下筆琳琅
並體貌英逸故俊才雲蒸仲宣委質於漢南孔
璋歸命於河北偉長從宦於青土公幹徇質於
海隅德璉綜其斐然之思元瑜展其翩翩之樂
文蔚休伯之儔子叔德祖之侶傲雅觴豆之前
雍容衽席之上灑筆以成酣歌和墨以藉談笑
觀其時文雅好慷慨良由世積亂離風衰俗怨
並志深而筆長故梗槩而多氣也至明帝纂戎
制詩度曲徵篇章之士置崇文之觀何劉群才

迭相照耀少主相仍唯高貴英雅顧盼合章動
言成論於時正始餘風篇體輕澹而嵇阮應繆
並馳文路矣逮晉宣始基景文克構並迹沉儒
雅而務深方術至武帝惟新承平受命而膠序
篇章弗簡皇慮降及懷愍綴旒而已然晉雖不
文文才實盛茂先搖筆而散珠太冲動墨而横
錦岳湛曜聯璧之華機雲標二俊之采應傳三
張之徒孫摯成公之屬並結藻清英流韻綺靡
前史以爲運涉季世人未盡才誠哉斯談可爲

歎息元皇中興披文建學劉刁禮吏而寵榮景
純文敏而優擢逮明帝秉哲雅好文會升儲御
極孳孳講藝練情於誥策振采於辭賦庾以筆
才逾親温以文思益厚揄揚風流亦彼時之漢
武也及成康促齡穆哀短祚簡文勃興淵乎清
峻微言精理函滿玄席澹思濃采時灑文囿至
孝武不嗣安恭已矣其文史則有袁殷之曹孫
干之輩雖才或淺深珪璋足用自中朝貴玄江
左彌盛因談餘氣流成文體是以世極迍邅而

辭意夷泰詩必柱下之旨歸賦乃漆園之義疏
故知文變染乎世情興廢繫乎時序原始以要
終雖百世可知也自宋武愛文文帝彬雅秉文
之德孝武多才英采雲構自明以下文理替矣
爾其縉紳之林霞蔚而飈起王袁聯宗以龍章
顏謝重葉以鳳采何范張沈之徒亦不可勝□
也蓋聞之於世故略舉大較暨皇齊馭寶運集
休明太祖以聖武膺籙高祖以睿文纂業文帝
以貳離含章中宗以上哲興運並文明自天緝

熙景祚今聖歷方興文思光被海岳降神才英
秀發馭飛龍於天衢駕騏驥於萬里經典禮章
跨周轢漢唐虞之文其鼎盛乎鴻風懿采短筆
敢陳颺言讚時請寄明哲

贊曰

蔚映十代辭采九變樞中所動環流無倦質文
沿時崇替在選終古雖遠曠焉如面　校八字

九卷共校九十二字

論衡堯時有五十之民擊壤于塗觀者曰大
哉堯之德也擊壤者答曰日出而作日入而
息鑿井而飲耕田而食帝力何有于我哉

列子堯治天下五十年不知天下治與不治乃微服遊于康衢聞童謠云立我蒸民莫匪爾極不識不知順帝之則

詩周南十一篇小序曰關雎麟趾之化王者之風故係之周南言化自北而南也

詩板八章上帝板板下民卒癉序凡伯刺厲王之詩

詩蕩八章蕩蕩上帝下民之辟序刺厲王之詩

詩王風黍離彼黍離離彼稷之苗傳周既東遷大夫行役至于宗周過故宗廟宮室盡爲禾黍感而賦之也

史記齊王以淳于髡以下皆命曰列大夫開第康莊之衢高門大屋以尊寵之

文選風賦楚襄王遊于蘭臺之宮宋玉景差侍

史記荀卿適楚春申君以爲蘭陵令

史記自騶衍與齊之稷下先生如淳于髡愼到各著書言治亂之事索隱曰稷齊之城門也謂齊之學士集于稷門之下也

史記騶衍之術迂大而閎辨奭也文具難施淳于髡久于處時有善言故齊人頌曰談天衍雕龍奭炙轂過髡

史記李斯奏始皇曰臣請史官非秦記皆燒之非博士官所職天下敢有藏詩書百家語者悉詣守尉雜燒之令下三日不燒黥爲城旦制曰可

史記酈生傳騎士曰沛公不好儒冠儒冠來者沛公輙解其冠溲溺其中與人言常大罵未可以儒生說也

史記高帝欲立戚夫人子趙王如意以四皓不果戚夫人泣涕帝曰爲我楚舞吾爲若楚歌歌曰鴻鵠高飛一舉千里羽翼一就橫絕四海

漢書武帝元封間既封禪發卒數萬人塞瓠子決河上悼功之不就爲作歌曰瓠子決兮

將柰何浩浩洋洋兮慮殫爲河云云卒塞河
築宮其上號曰宣防王尊傳云河浸瓠子金
隄
漢書武帝自爲太子時聞枚乘名及卽位乃
以安車蒲輪徵乘
史記主父偃齊人上書拜郎中偃數上疏言
事一歲中四遷大臣皆畏其口賂遺數千金
或說偃曰太横偃曰吾生不五鼎食死則
五鼎烹耳
漢書朱買臣字翁子吳人家貧常艾薪樵賣
以給食後拜中大夫上謁買臣曰富貴不歸
故鄉如衣繡夜行郎拜會稽太守
漢書司馬相如復之臨邛盡賣車騎買酒舍
令文君當壚身自着犢鼻褌與庸保雜作滌
器于市
史記吾丘壽王字子贛趙人拜東郡都尉時
汾陰得寶鼎群臣皆上壽賀曰陛下得周鼎
壽王曰天祚有德寶鼎自出此天之所以與

漢乃漢寶非周寶也上曰善
漢書嚴安臨淄人上書拜騎馬令嚴助見前
漢書終軍字子雲濟南人上書言事拜給事
中
漢書昭帝諡弗陵武帝少子在位十三年武
宣元成哀平見前
漢書宣帝曰辭賦大者與古詩同義小者辯
麗可喜譬女工有綺縠音樂有鄭衛
春秋左傳叔向曰底祿以德
桓譚新論余素好文見子雲工爲賦欲從之
學子雲曰長卿賦不似從人間來其神化所
至耶大諦能讀千賦則能爲之諺云伏習衆
神巧者不過習者之門
東觀漢記杜篤被收送京師會大司馬吳漢
薨帝詔諸儒誄之篤于獄中爲誄最高帝美
之賜帛免刑
後漢書班彪爲河西大將軍竇融從事爲融
畫策歸漢及融徵還京師光武問曰所上章

表誰與參之融以彪對因召見拜除令
通鑑明帝永平二年上帥群臣躬養三老五
更于辟雍禮畢上自爲下說諸儒執經問難
于前冠帶搢紳之士圜橋門而觀聽者以億
萬計
後漢書章帝建初四年詔諸王諸儒會白虎
觀講議五經同異帝親臨稱制如石渠故事
後漢書明帝永平中有神雀集宫殿帝問賈
逵逵以爲胡降之徵帝勅蘭臺給筆札使作
神雀頌
後漢書東平憲王蒼光武光烈陰后之子少
好經書雅有智思上光武受命中興頌帝甚
美之
後漢書沛獻王輔光武郭后之子作五經論
時號沛王通論
明章安和見前
後漢書順帝諱保安帝太子在位十九年桓
帝諱志肅宗曾孫初封蠡吾侯質帝無嗣梁

冀立之在位二十一年靈帝諱宏初襲解瀆
亭侯桓帝無嗣召入立之在位廿二年獻帝
諱協靈帝中子初封陳留王董卓廢少帝立
之建安二十五年禪于魏班固傳毅崔駰駰
子瑗瑗子寔王延壽馬融張衡蔡邕見前
後漢書靈帝初好學自造皇羲篇五十章因
引諸生能爲文賦者待詔時侍中樂松多引
無行之徒待制鴻都門下楊賜因虹蜺晝墮
嘉德殿前上疏諫曰鴻都門下招集群小如
驩兜共工更相薦說蔡邕上封事謂連偶俗
語有類俳優
魏武文帝陳思見前
文選李善注王仲宣投劉表寓流楚壤故云
漢表陳孔璋窘身袁氏故云冀域徐偉長淹
留高密故云青劉公幹飄淪許京故云豫
應璩字德璉阮瑀字元瑜邯鄲淳字子淑見
前
典畧路粹字文蔚陳留人與陳琳等俱爲魏

太祖典記室
典略繁欽字休伯以文才少得名汝潁間爲
丞相主簿
魏略楊脩字德祖太尉彪之子建安中爲丞
相倉曹屬主簿太祖以脩頗有才氣而又袁
氏之甥乃因事誅之
魏志明帝諱叡文帝太子在位十三年
何晏劉邵見前
魏志高貴鄉公諱髦東海定王之子齊王芳
廢大臣立之因討司馬昭爲成濟所弑
嵇康阮籍應璩繆襲見前
晉書司馬懿字仲達仕魏爲太尉武帝即位
追謚宣皇帝懿長子師字子元仕魏爲大將
軍追謚景皇帝師弟司馬昭字子上仕魏封
晉王追謚文皇帝昭子司馬炎字安仁受魏
禪謚武皇帝在位二十五年懷帝諱熾武帝
第三十五子惠帝無嗣立爲皇太弟在位六
年爲劉曜執歸弑之愍帝諱鄴吳王彥之子

初封秦王懷帝遇害大臣立之在位四年爲
劉曜執歸弑之
張茂先左太沖潘岳見前
晉書夏侯湛美姿容與潘岳善每行同輿接
裀京都謂之連璧
晉書陸機與弟雲吳平入洛造張華華素重
其名曰伐吳之役利獲二俊
晉書應貞字吉甫璩之子武帝時遷給事中
帝於華林宴射貞賦詩最美
傳玄傅咸張載張協見前
晉書張亢字季陽才藻不逮二昆而亦有屬
綴時人謂陸機陸雲張載張協及亢曰二陸
三張
孫楚摯虞成公綏見前
晉書元帝諱睿字景文琅邪王覲之子初爲
安東將軍愍帝遇害乃即位于建康在位五
年
晉書劉隗字大連彭城人雅習文史善求人

主意元帝深器異之歷官湘州都督
晉書刁協字玄亮渤海人協久在中朝諳練舊事朝廷凡所制度皆禀于協歷官尚書令與劉隗並爲元帝所寵
郭璞字景純見前
晉書明帝諱紹字道幾元帝太子在位三年
晉書庾亮字元規潁川人明穆皇后之兄也與温嶠俱爲太子布衣之好明帝卽位拜中書監
晉書温嶠字太眞太原人歷官太子中庶子明帝卽位機密大謀皆所參綜平王敦封建寧公
晉書成帝諱衍字世根明帝太子在位十七年康帝諱岳字世同成帝同母弟也在位二年穆帝諱聃字彭祖康帝太子在位七年哀帝諱丕成帝之子在位三年
晉書簡文帝諱昱字道萬元帝少子初封會稽王桓温廢廢帝奕乃迎立之帝少有風儀留

心典籍不以居處爲意凝塵滿席湛如也在位二年
晉書孝武帝諱曜字昌明簡文太子在位二十四年安帝諱德宗孝武太子在位二十年恭帝諱德文安帝同母弟劉裕廢安帝立之在位二年禪于宋
晉書殷仲文少有才藻桓玄將爲亂使仲文總領詔命以爲侍中玄九錫文仲文之辭也
袁弘孫盛孫綽于寳見前
宋書武帝劉氏諱裕彭城人受恭帝禪在位三年文帝諱義隆武帝第三子檀道濟廢營陽王立之在位三十年孝武帝諱駿文帝第三子初封武陵王起兵誅元凶劭卽位立十一年明帝諱彧文帝第十一子初封湘東王廢帝被弒大臣迎立之在位七年
宋書王僧達琅邪人歷官中書令祖弘弘弟子微兄遠并有文名
宋書袁淑字陽源陳郡人歷官太子左衛率

淑兄湛兄子顗顗從弟粲并有名
宋書顔延之字延年瑯邪人歷官光祿大夫
子竣孝武時歷官中書令有文集行于世竣
弟測亦以文章知名歷官江夏王傳
宋書謝靈運陳郡陽夏人文帝時爲秘書監
靈運弟惠連孫超宗及謝瞻謝混謝晦并有
文名
宋書謝靈運傳東海何長瑜頴川荀雍泰山
羊璿與靈運號爲四友長瑜才亞惠連雍璿
不及也歷官平西記室參軍
宋書范曄字蔚宗泰之子也文帝時爲太子
詹事
南史沈約字休文吳興武康人入齊遷吏部
郎梁武受禪以佐命功封建昌侯
齊書太祖蕭氏諱道成蕭何二十四世孫也
仕宋封齊王受　宋禪在位四年南史齊高
帝蕭道成廟號太祖武帝蕭賾廟號世祖文
惠太子蕭長懋追尊爲文帝廟號世宗明帝
蕭鸞廟號高宗並無中宗高祖

文心雕龍訓故卷之九終

文心雕龍訓故卷之十

物色第四十六

春秋代序陰陽慘舒物色之動心亦搖焉蓋陽氣萌而玄駒步陰律凝而丹鳥羞微蟲猶或入感四時之動物深矣若夫珪璋挺其惠心英華秀其清氣物色相召人誰獲安是以獻歲發春悅豫之情暢滔滔孟夏鬱陶之心凝天高氣清陰沈之志遠霰雪無垠矜肅之慮深歲有其物物有其容情以物遷辭以情發一葉且或迎意

蟲聲有足引心況清風與明月同夜白日與春林共朝哉是以詩人感物聯類不窮流連萬象之際沈吟視聽之區寫氣圖貌既隨物以宛轉屬采附聲亦與心而徘徊故灼灼狀桃花之鮮依依盡楊柳之貌杲杲為出日之容瀌瀌擬雨雪之狀喈喈逐黃鳥之聲喓喓學草蟲之韻皎日嘒星一言窮理參差沃若兩字連形並以少總多情貌無遺矣雖復思經千載將何易奪及離騷代興觸類而長物貌難盡故重沓舒狀於

是嵯峨之類聚葳蕤之羣積矣及長卿之徒詭
勢瓌聲模山範水字必魚貫所謂詩人麗則而
約言辭人麗淫而繁句也至如雅詠棠華或黃
或白騷述秋蘭綠葉紫莖凡摛表五色貴在時
見若青黃屢出則繁而不珍自近代以來文貴
形似窺情風景之上鑽貌草木之中吟詠所發
志惟深遠體物爲妙功在密附故巧言切狀如
印之印泥不加雕削而曲寫毫芥故能瞻言而
見貌印字而知時也然物有恒姿而思無定檢

或率爾造極或精思愈疎且詩騷所標並據要
害故後進銳筆怯於爭鋒莫不因方以借巧卽
勢以會奇善於適要則雖舊彌新矣是以四序
紛迴而入興貴閑物色雖繁而析辭尚簡使味
飄飄而輕舉情曄曄而更新古來辭人異代接
武莫不參伍以相變因革以爲功物色盡而情
有餘者曉會通也若乃山林皐壤實文思之奥
府畧語則闕詳說則繁然屈平所以能洞監風
騷之情者抑亦江山之助乎

贊曰

山沓水匝樹雜雲合目既往還心亦吐納春日遲遲秋風颯颯情往似贈興來如答　校二字

詩桃夭桃之夭夭灼灼其華采薇昔我往矣楊柳依依伯兮其雨其雨杲杲日出角弓雨雪瀌瀌見晛曰消葛覃維葉萋萋黃鳥于飛集于灌木其鳴喈喈草蟲喓喓草蟲趯趯阜螽大車謂予不信有如皎日小星嘒彼小星三五在東關雎參差荇菜左右流之氓之桑之未落其葉沃若裳裳者華裳裳者華或黃或白

楚辭少司命秋蘭兮青青綠葉兮紫莖

才畧第四十七

九代之文富矣盛矣其辭令華采可畧而詳也虞夏文章則有皐陶六德夔序八音益則有贊五子作歌辭義溫雅萬代之儀表也商周之世則仲虺垂誥伊尹敷訓吉甫之徒並述詩頌義固爲經文亦師矣及乎春秋大夫則修辭聘會磊落如琅玕之圃焜燿似縟錦之肆薳敖擇楚國之令典隨會講晉國之禮法趙衰以文勝從饗國僑以修辭扞鄭子太叔美秀而文公孫翬

善於辭令皆文名之標者也戰代任武而文士不絕諸子以道術取資屈宋以楚辭發采樂毅報書辯以義范雎上疏密而至蘇秦歷說壯而中李斯自奏麗而動若在文世則揚班儔矣荀况學宗而象物名賦文質相稱固巨儒之情也漢室陸賈首發奇采賦孟春而選典誥其辯之富矣賈誼才穎陵軼飛兔議愜而賦清豈虛至哉枚乘之七發鄒陽之上書膏潤於筆氣形於言矣仲舒專儒子長純史而麗縟成文亦詩人

之告哀焉相如好書師範屈宋洞入夸豔致名辭宗然覆取精意理不勝辭故楊子以爲文麗用寡者長卿誠哉是言也王褒構采以密巧爲致附聲測貌泠然可觀子雲屬意辭人最深觀其涯度幽遠搜選詭麗而竭才以鑽思故能理贍而辭堅矣桓譚著論富號猗頓宋弘稱薦爰比相如而集靈諸賦偏淺無才故知長於諷論不及麗文也敬通雅好辭說而坎壈盛世顯志自序亦蚌病成珠矣二班兩劉奕葉繼采舊說

以爲固文優彪歆學精向然王命清辯新序該練璿璧產於崑岡亦難得而踰本矣傅毅崔駰光采比肩瑗寔踵武能世厥風者矣杜篤賈逵亦有聲於文跡其爲才也崔傅之末流也李一本尤作充賦銘志慕鴻裁而才力沈膇垂翼不飛馬融鴻儒思洽登高吐納經範華實相扶王逸博識有功而絢采無力延壽繼志瓌穎獨標其善圖物寫貌豈枚乘之遺術歟張衡通贍蔡邕精雅文史彬彬隔世相望是則竹柏異心而同貞金玉

殊質而皆寶也劉向之奏議旨切而調緩趙壹之辭賦意繁而體疎孔融氣盛扵爲筆禰衡思銳扵爲文有偏美焉潘勗憑經以騁才故絕羣扵錫命王朗發憤以託志亦致美扵序銘然自卿淵已前多役才而不課學雄向已後頗引書以助文此取與之大際其分不可亂者也魏文之才洋洋清綺舊談抑之謂去植千里然子建思捷而才儁詩麗而表逸子桓慮詳而力緩故不競扵先鳴而樂府清越典論辯要迭用短長亦無懵焉但俗情抑揚雷同一響遂令文帝以

位尊減才思王以勢窘益價未爲篤論也仲宣溢才捷而能密文多兼善辭少瑕累摘其詩賦則七子之冠冕乎琳瑀以符檄擅聲徐幹以賦論標美劉楨情高以會采應瑒學優以得文路粹楊脩頗懷筆記之工丁儀邯鄲亦含論述之美有足筭焉劉劭趙都能攀扵前脩何晏景福克光扵後進休璉風情則百壹標其志吉甫文理則臨丹成其采嵇康師心以遺論阮籍使氣

以命詩殊聲而合響異翮而同飛張華短章奕奕清暢其鷦鷯寓意即韓非之說難也左思立才業深覃思盡銳於三都拔萃於詠史無遺力矣潘岳敏給辭自和暢鍾美於西征賈餘於哀誄非自外也陸機才欲窺深辭務索廣故思能入巧而不制繁士龍朗陳以識檢辭故能布采鮮淨敏於短篇孫楚綴思每直置以疎通摯虞述懷必循規以溫雅其品藻流別有條理焉傅玄篇章義多規鏡長虞筆奏世執剛中並楨幹之實才非羣華之韡萼也成公子安選賦而時

美夏侯孝若具體而皆微曹攄清靡於長篇季鷹辨切於短韻各其善也孟陽景陽才綺而相埒可謂魯衛之政兄弟之文也劉琨雅壯而多諷盧諶情發而理昭亦遇之於時勢也景純艷逸足冠中興郊賦既穆穆以大觀僊詩亦飄飄而凌雲矣庾元規之表奏靡密以閑暢溫太真之筆記循理而清通亦筆端之良工也孫盛干寶文勝爲史準的所擬志乎典訓戶牖雖異而

筆彩畧同袁宏發軫以高驤故卓出而多偏孫綽規旋以矩步故倫序而寡狀殷仲文之孤興謝叔源之閑情並解散辭體縹渺浮音雖滔滔風流而大澆文意宋代逸才辭翰鱗萃世近易明無勞甄序觀夫後漢才林可參西京晉世文苑足儷鄴都然而魏時話言必以元封爲稱首宋來美談亦以建安爲口實何也豈非崇文之盛世招才之嘉會哉嗟夫此古人所以貴乎時也

贊曰

才難然乎性各異稟一朝綜文千年凝錦餘采徘徊遺風籍甚無曰紛雜皎然可品　校十五字

書皐陶謨曰嚴祗敬六德亮采有邦
書帝曰夔命汝典樂教胄子八音克諧無相奪倫
書湯歸自夏至于大坰仲虺作誥又伊尹訓太甲作伊訓
詩蒸民吉甫作誦穆如清風又崧高吉甫作誦其詩孔碩
春秋左傳隨武子曰蔿敖爲宰擇楚國之令典百官象物而動軍政不戒而備能用典矣蔿敖即蔿艾獵孫叔敖也
春秋左傳晉士會平王室定王享之殽烝武子私問其故王曰王享有體薦宴有折俎公

當享卿當宴王室之禮也武子歸而講求典禮以脩晉國之法

春秋左傳晉文公在秦秦穆公享之子犯曰偃不如衰之文也請使衰從公子賦河水公賦六月衰曰君稱所以佐天子者命重耳重耳敢不拜

春秋左傳子産之爲政也擇能而使之馮簡子能斷大事子太叔美秀而文又公孫揮能知四國之爲而辨其大夫之族姓班位貴賤能否而又善爲辭令

史記樂毅爲燕昭王破齊獨莒即墨未下及惠王立田單行間昭王使騎劫代之毅懼罪奔趙惠王使人讓之毅報以書

史記范雎字叔魏人從王稽入秦封應侯

史記蘇秦雒陽人得太公陰符伏而讀之期年以出揣摩曰此可以說當世之君矣乃歷說六國定從約

荀况陸賈賈誼枚乘鄒陽董仲舒司馬子長

司馬相如王褒楊子雲見前

後漢書宋弘字仲子京兆人歷官大司空光武嘗問弘通博之士弘薦沛國桓譚才學洽聞幾及楊雄劉向

藝文類聚桓譚集靈宮賦

後漢書馮敬通以與新陽侯交結得罪不得志乃作賦命曰顯志顯志者言光明風化之情昭章玄妙之思也

班彪彪子固劉向向子歆彪王命論并見前

劉向新序十卷今行于世

傅毅崔駰崔瑗崔寔杜篤賈逵見前

後漢書獨行傳李充字大遜陳留人不言著述又晉中興書李充字弘度江夏人著學箴然此在賈逵之後馬融之前則李尤也尤在和帝時拜蘭臺令有函谷諸賦并車諸銘而賈逵仕明帝時馬融仕順桓時以序觀之乃李尤無疑

馬融王逸王延壽張衡蔡邕劉向并見前然

此段叙東漢不宜有劉向且向前已見此向
字恐誤
後漢書趙壹字元叔恃才倨傲爲鄉黨所擯
乃作解擯又作疾邪賦以舒其憤
孔融禰衡潘勗王朗魏文帝曹子建王仲宣
路粹楊脩見前
典論七子者於學無所遺於辭無所假謂孔
融陳琳王粲徐幹阮瑀應瑒劉楨
魏畧丁儀字正禮沛郡人與臨淄侯善數稱
其奇才太祖既有意立植而儀又賛之幾奪
嫡者數矣文帝立誅之
邯鄲淳見前
賦苑劉卲趙都賦何晏景福殿賦
應休璉應吉甫嵇康阮籍張華見前
賦苑左思三都賦文選思詠史詩潘黄門集
西征賦
陸機陸衡孫楚摯虞傅玄傅長虞成公子安
夏侯孝若曹攄張季鷹張孟陽張景陽劉琨

見前
晉書盧諶字子諒范陽人劉琨辟爲從事中
郎後爲段匹磾別駕
晉書郭璞博學有高才詞賦爲中興之冠嘗
作南郊賦帝嘉之以爲著作佐郎
庾元規溫太眞孫盛干寶袁宏孫綽殷仲文
見前
宋書謝混字叔源小字益壽安之孫也風華
爲江左第一歷官尚書左僕射
元封漢武帝改元

知音第四十八

知音其難哉音實難知知實難逢逢其知音千載其一乎夫古來知音多賤同而思古所謂日進前而不御遥聞聲而相思也昔儲說始出子虛初成秦皇漢武恨不同時既同時矣則韓囚而馬輕豈不明鑒同時之賤哉至於班固傅毅文在伯仲而固嗤毅云下筆不能自休及陳思論才亦深排孔璋敬禮請潤色歎以爲美談季緒好詆訶方之於田巴意亦見矣故魏文稱文人相輕非虛談也至如君卿脣舌而謬欲論文乃稱史遷著書諮東方朔於是桓譚之徒相顧嗤笑彼實博徒輕言負誚况乎文士可妄談哉故鑒照洞明而貴古賤今者二主是也才實鴻懿而崇已抑人者班曹是也學不逮文而信僞迷眞者樓護是也醻訽之議豈多歎哉夫麟鳳與麏雉懸絶珠玉與礫石超殊白日垂其照青眸寫其形然魯臣以麟爲麏楚人以雉爲鳳魏氏以夜光爲怪石宋客以燕礫爲寶珠形器易

徵謬乃若是文情難鑒誰曰易分夫篇章雜沓質文交加知多偏好人莫圓該慷慨者逆聲而擊節醞藉者見密而高蹈浮慧者觀綺而躍心愛奇者聞詭而驚聽會巳則嗟諷異我則沮棄各執一隅之解欲擬萬端之變所謂東向而望不見西墻也凡操千曲而後曉聲觀千劍而後識器故圓照之象務先博觀閱喬岳以形培塿酌滄波以喻畎澮無私於輕重不偏於憎愛然後能平理若衡照辭如鏡矣是以將閱文情先標六觀一觀位體二觀置辭三觀通變四觀奇正五觀事義六觀宮商斯術既形則優劣見矣夫綴文者情動而辭發觀文者披辭以入情沿波討源雖幽必顯世遠莫見其面覘文輒見其心豈成篇之足深患識照之自淺耳夫志在山水琴表其情況形之筆端理將焉匿故心之照理譬目之照形目瞭則形無不分心敏則理無不達然而俗鑑之迷者深廢淺售此莊周所以笑折楊宋玉所以傷白雪也昔屈平有言文質

踈內衆不知余之異采見異唯知音耳揚雄自稱心好沈博絕麗之文其□事浮淺亦可知矣夫唯深識鑒奥必歡然內懌譬春臺之熙衆人樂餌之止過客葢聞蘭爲國香服媚彌芬書亦國華翫繹方美知音君子其垂意焉

贊曰

洪鍾萬鈞夔曠所定良書盈篋妙鑒迺訂流鄭淫人無或失聽獨有此律不謬蹊徑　校五字

史記韓非著孤憤五蠹內外儲說十餘萬言秦王見其書曰寡人得見此人與之遊死不

根矣因急攻韓韓遣非入秦李斯害之乃下吏治非

漢書司馬相如著子虛賦初成武帝讀而善之曰朕獨不得與此人同時哉

典論班固之與傅毅伯仲之間耳而固小之與弟超書曰武仲以能屬文爲蘭臺令史下筆不能自休

文選曹植與楊脩書以孔璋之才不閑辭賦而多自謂與司馬長卿同風譬畫虎不成反爲狗也

魏畧丁廙字敬禮儀之弟植與楊脩書昔丁敬禮嘗作小文使僕潤飾之僕自以才不過若人辭不爲也

文章志劉脩字季緒劉表子也歷官東安太守曹植與楊脩書劉季緒才不逮作者而好詆訶文章昔田巴毀五帝罪三王一旦而服千人魯連一說使終身杜口

漢書楊雄著法言劉歆嘗觀之曰空自苦今

學者有祿利然尚不能明易如玄何吾恐後
人用覆醬瓿也
孔叢子叔孫氏之車子曰鉏商樵而獲獸衆
莫之識以爲不祥棄之冉有告夫子曰麕身
而肉角夫子曰若求之言其麟乎視之果信
尹文子楚人擔山雉者路人問何鳥也擔雉
者欺之曰鳳凰也買而獻之楚王
尹文子魏之田父得玉徑尺不知其玉也以
告鄰人鄰人詒之曰怪石也歸而置于廡下
明照一室怖而棄之于野
闞子宋之愚人得燕石于梧臺之東歸而藏
之以爲寶周客聞而觀焉掩口而笑曰與瓦
甓不殊
呂氏春秋伯牙鼓琴鍾子期善聽方鼓琴志
在泰山子期曰善哉乎鼓琴巍巍乎若泰山
志在流水曰善哉乎鼓琴洋洋乎若流水
莊子大聲不入里耳折楊黃荂則嗑然而笑
是故高言不止于衆人之心至言不出俗言

勝也
文選宋玉對楚王問客有歌于郢中者其始
曰下里巴人國中屬而和者數千人其爲陽
春白雪國中屬而和者數十人是其曲彌高
其和彌寡
春秋左傳初鄭文公有賤妾曰燕姞夢天使
與已蘭曰以是爲爾子以蘭爲國香人服媚
之如是

程器第四十九

周書論士方之梓材蓋貴器用而兼文采也是以樸斲成而丹雘施垣墉立而雕杇附而近代詞人務華棄實故魏文以爲古今文人類不護細行韋誕所評又歷詆羣才後人雷同混之一貫吁可悲矣畧觀文士之疵相如竊妻而受金揚雄嗜酒而少筭敬通之不循廉隅杜篤之請求無厭班固諂竇以作威馬融黨梁而黷貨文舉傲誕以速誅正平狂憨以致戮仲宣輕脆以躁競孔璋惚恫以麤疎丁儀貪婪以乞貨路粹餔啜而無耻潘岳詭禱於愍懷陸機傾仄於賈郭傅玄剛隘而詈臺孫楚狠愎而訟府諸有此類並文士之瑕累文既有之武亦宜然古之將相疵咎實多至如管仲之盜竊吳起之貪淫陳平之汚點絳灌之讒嫉沿茲以下不可勝數孔光負衡據鼎而仄媚董賢况班馬之賤職潘陸之下位哉王戎開國上秩而鬻官囂俗况馬杜之磬懸丁路之貧薄哉然子夏無虧於名儒濬

冲不塵乎竹林者名崇而譏減也若夫屈賈之忠貞鄒枚之機覺黄香之淳孝徐幹之沈黙豈曰文士必其玷歟蓋人禀五材脩短殊用自非上哲難以求備然將相以位隆特達文士以職甲多誚此江河所以騰湧涓流所以寸折者也名之抑揚既其然矣位之通塞亦有以焉蓋士之登庸以成務爲用魯之敬姜婦人之聰明耳然推其機綜以方治國安有丈夫學文而不達於政事哉彼揚馬之徒有文無質所以終乎下位也昔庾元規才華清英勲庸有聲故文藝不稱若非台岳則正以文才也文武之術左右惟宜郤縠敦書故舉爲元帥豈以好文而不練武哉孫武兵經辭如珠玉豈以習武而不曉文也是以君子藏器待時而動發揮事業固宜蓄素以弸中散采以彪外楩柟其質豫章其幹摛文必在緯軍國負重必在任棟梁窮則獨善以垂文達則奉時以騁績若此文人應梓材之士矣

贊曰

瞻彼前脩有懿文德聲昭楚南采動梁北雕而不器貞幹誰則豈無華身亦有光國　校十字

周書梓材若作梓材既勤樸斲惟其塗丹雘

文章叙錄帝誕字仲將太僕端之子魚豢嘗舉王阮諸人以問誕誕對曰仲宣傷于肥戇休伯都無格檢元瑜病于體弱孔璋實自粗疎文蔚性頗忿鷙

漢書司馬相如之臨邛是時卓王孫有女文君新寡好音相如以琴心挑之文君竊從戶窺心悅而好之恐不得當也夜亡奔相如相如與馳歸成都奏上林賦天子以爲郎後有人言相如使蜀時受金失官

漢書揚雄家素貧嗜酒時有好事者載酒肴從之學

東觀漢記杜篤與美陽令交游數從請託不諾頗相恨令怒收篤送京師

後漢書班固爲大將軍竇憲中護軍憲敗固坐免官固不教學諸子諸子多不遵法度吏人苦之

後漢書馬融奏廣成頌忤鄧氏又因自劾太后怒禁錮之融懲前事遂爲梁冀草奏李固又作大將軍西第頌爲正直所羞

張璠漢記時天下草創曹袁之權未分孔融建明不識時務又天性豪爽頗推平生之意狎侮太祖太祖外雖寬容而內不能平卒誅之

世說十月朝黃祖在蒙衝舟上會禰衡言不遜祖訶之衡熟視曰死鍜錫公祖大怒遂殺之

晉書賈后惡愍懷太子召至逼飲醉之使潘岳作書草若禱神之文有如太子素意者因醉而書之太子被廢

晉書陸機好遊權門與賈謐親善以進取獲譏

瞻彼前脩有懿文德聲昭楚南采動梁北雕而不器貞幹誰則豈無華身亦有光國 校十字

周書梓材若作梓材旣勤樸斲惟其塗丹雘

文章叙錄韋誕字仲將太僕端之子魚豢嘗舉王阮諸人以問誕誕對曰仲宣傷于肥戇休伯都無格檢元瑜病于體弱孔璋實自粗疎文蔚性頗忿鷙

漢書司馬相如之臨邛是時卓王孫有女文君新寡好音相如以琴心挑之文君竊從戶窺心悅而好之恐不得當也夜亡奔相如相如與馳歸成都奏上林賦天子以爲郎後有人言相如使蜀時受金失官

漢書揚雄家素貧嗜酒時有好事者載酒肴從之學

東觀漢記杜篤與美陽令交遊數從請託不諾頗相恨令怒收篤送京師

後漢書班固爲大將軍竇憲中護軍憲敗固坐免官固不教學諸子諸子多不遵法度吏人苦之

後漢書馬融奏廣成頌忤鄧氏又因自劾太后怒禁錮之融懲前事遂爲梁冀草奏李固又作大將軍西第頌爲正直所羞

張璠漢記時天下草創曹袁之權未分孔融建明不識時務又天性豪爽頗推平生之意狎侮太祖太祖外雖寬容而內不能平卒誅之

世說十月朝黃祖在蒙衝舸上會禰衡言不遜祖訶之衡熟視曰死鍛錫公祖大怒遂殺之

晉書賈后惡愍懷太子召至逼飲醉之使潘岳作書草若禱神之文有如太子素意者因醉而書之太子被廢

晉書陸機好遊權門與賈謐親善以進取獲譏

瞻彼前脩有懿文德聲昭楚南采動梁北雖而不器貞幹誰則豈無華身亦有光國

校十字

周書梓材若作梓材旣勤樸斵惟其塗丹雘

文章叙錄帝誕字仲將太僕端之子魚豢嘗舉王阮諸人以問誕誕對曰仲宣傷于肥戇休伯都無格檢元瑜病于體弱孔璋實自粗疏文蔚性頗忿鷙

漢書司馬相如之臨邛是時卓王孫有女文君新寡好音相如以琴心挑之文君竊從戶窺心悅而好之恐不得當也夜亡奔相如相如與馳歸成都奏上林賦天子以爲郎後有人言相如使蜀時受金失官

漢書揚雄家素貧嗜酒時有好事者載酒肴從之學

東觀漢記杜篤與美陽令交游數從請託不諧頗相恨令怒收篤送京師

後漢書班固爲大將軍竇憲中護軍憲敗固坐免官固不教學諸子諸子多不遵法度吏

人苦之

後漢書馬融奏廣成頌忤鄧氏又因自劾太后怒禁錮之融懲前事遂爲梁冀草奏李固又作大將軍西第頌爲正直所羞

張璠漢記時天下草創曹袁之權未分孔融建明不識時務又天性豪爽頗推平生之意狎侮太祖太祖外雖寬容而內不能平卒誅之

世說十月朝黃祖在蒙衝舟上會禰衡言不遜祖訶之衡熟視曰死鍜錫公祖大怒遂殺之

晉書賈后惡愍懷太子召至逼飲醉之使潘岳作書草若禱神之文有如太子素意者因醉而書之太子被廢

晉書陸機好遊權門與賈謐親善以進取獲譏

晉書郭彰字叔武太原人賈后從舅也后專
朝彰豫參權勢賓客盈門世人稱爲賈郭謂
謐及彰也
晉書傅玄爲司隸校尉謁者以弘訓殿爲殿
內制列玄位在下玄怒厲聲忿責謁者妄稱
尚書所處玄對百僚而罵尚書
晉書孫楚爲石苞參軍初至長揖曰天子命
我參卿軍事因此構隙苞奏楚與吳人孫世
山訕毀時政楚亦抗表自理紛紜經年
呂氏春秋管仲與鮑叔同賈南陽及分財利
仲嘗欺鮑叔多自取
史記吳起衛人聞魏文侯賢欲事之文侯問
李克曰吳起何如人克曰起貪而好色然用
兵司馬穰苴不能過也
史記陳平陽武人自楚歸漢高祖以爲亞將
絳侯灌嬰咸讒之曰臣聞平受諸將金金多
者得善處金少者得惡處平反覆亂臣也又
賈生傳絳灌之屬毀之曰洛陽之人年少初

學專欲擅權紛亂諸事
漢書丞相孔光字子夏初爲御史大夫董賢
父恭爲御史事光及賢爲大司馬與光並爲
三公哀帝故令董賢私過光光知上欲尊寵
賢乃警戒衣冠出門待望見賢車乃却入賢
至中門光入閤既下車乃出拜謁送迎甚謹
不敢以賓客鈞敵之禮賢歸上聞之喜
晉書王戎字濬沖與稽阮諸人爲竹林之遊
戎嘗後至阮籍曰俗物復來敗人意戎笑曰
卿輩意亦復可敗耶後以平吳功封安豐侯
戎爲吏部南郡太守劉肇賂戎筒中細布五
十端司隸糾之帝雖不問而爲清慎所鄙
漢書鄒楊枚乘俱上書諫吳王濞不聽去遊
梁後濞竟以謀逆誅滅
後漢書黄香年九歲喪母思慕憔悴殆不逸
喪鄉人稱其至孝
文選魏文帝與吳質書偉長懷文抱質恬淡
寡欲有箕山之志可謂彬彬君子矣

國語敬姜公父文伯之母也方績文伯曰以歜之家而主猶績懼干季孫之怒也敬姜嘆曰昔聖王之處民也擇瘠土而處之勞其民而用之男女效績愆則有辟古之制也

春秋左傳晉蒐于被廬謀元帥趙衰曰郤穀亟聞其言矣說禮樂而敦詩書

史記孫子武者齊人以兵法見吳王闔閭闔閭曰子之十三篇吾盡觀之矣可以小試勒兵乎曰可

序志第五十

文心者言爲文之用心也昔涓子琴心王孫巧心心哉美矣夫故用之焉古來文章以雕縟成體豈取騶奭羣言雕龍也夫宇宙綿邈黎獻紛雜拔萃出類智術而已歲月飄忽性靈不居騰聲飛實制作而已夫肖貌天地禀性五才擬耳目於日月方聲氣於風雷其超出萬物亦已靈矣形甚草木之脆名踰金石之堅是以君子處世樹德建言豈好辯哉不得已也余生七齡乃

夢彩雲若錦則攀而採之齒在踰立則嘗夜夢執丹漆之禮器隨仲尼而南行旦而寤怡然而喜大哉聖人之難見也乃小子之垂夢歟自生人以來未有若孔子者也敷贊聖旨莫若註經而馬鄭諸儒弘之已精就有深解未足立家唯文章之用實經典枝條五禮資之以成六典因之致用君臣所以炳煥軍國所以昭明詳其本源莫非經典而去聖久遠文體解散辭人愛奇言貴浮詭飾羽尚畫文繡鞶帨離本彌甚將遂

訛濫蓋周書論辭貴乎體要尼父陳訓惡乎異端辭訓之異宜體于要於是搦筆和墨乃始論文詳觀近代之論文者多矣至如魏文述典陳思序書應瑒文論陸機文賦仲治流別弘範翰林各照隅隙鮮觀衢路或臧否當時之才或銓品前脩之文或泛舉雅俗之旨或撮題篇章之意魏典密而不周陳書辯而無當應論華而疏畧陸賦巧而碎亂流别精而少功翰林淺而寡要又君山公幹之徒吉甫士龍之輩泛議文意

往往間出并未能振葉以尋根觀瀾而索源不述先哲之誥無益後生之慮蓋文心之作也本乎道師乎聖體乎經酌乎緯變乎騷文之樞紐亦云極矣若論文敘筆則囿别區分原始以表時（一作來）釋名以章義選文以定篇敷理以舉統上篇以上綱領明矣至於剖（一作割）情析采（一作表）籠圈條貫摛神性圖風勢包會通閱聲字崇替於時序褒貶於才畧怊悵於知音耿介於程器長懷序志以馭羣篇下篇以下毛目顯矣位理

定名彰乎大易之數其爲文用四十九篇而已
夫銓序一文爲易彌綸羣言爲難雖復輕採毛
髮深極骨髓或有曲意密源似近而遠辭所不
載亦不可勝數矣及其評品成文有同乎舊談
者非雷同也勢自不可異也有異乎前論者非
苟異也理自不可同也同之與異不屑古今擘
肌分理唯務折衷按轡文雅之場環絡藻繪之
府亦幾乎備矣但言不盡意聖所難識在瓶
管何能矩矱茫茫往代既沈（一作洗）余聞渺渺來
世諒塵彼觀也

贊曰

生也有涯無涯惟智逐物實難憑性良易傲岸
泉石咀嚼文義文果載心余心有寄（校三百四十四字）

（十卷共校三百七十六字）

文選注涓子齊人好餌木隱于宕山著琴心三篇

漢書藝文志王孫子一篇一曰巧心

文選魏文帝典論一篇論文

文選曹植與楊德祖書僕少小好爲文章迄於今二十有五年矣然今世作者可畧而言也書中論徐劉諸人優劣

藝文類聚應瑒文質論一篇

隋志翰林論三卷晉著作郎李充撰

晉書李充字弘度江夏人歷官大著作郎注尚書及周易旨六論什莊論二篇詩賦雜文二百四十首行于世傳中不言有翰林而玉海引翰林論亦云弘範

文心雕龍訓故卷之十終

跋

滇本載楊升庵先生簡禺山云批點文心雕龍頗謂得劉舍人精意此本亦古有一二誤字已正之其用色或紅或綠或黃或靑或白自爲一例正不必說破

說破又宋人矣蓋立意一定時有出入者是乖其例人名用斜角地名用長圈亦有不然者如董狐對司馬有苗對無棣雖繫人名地名而儷偶之切又當用靑筆圈之此豈區區宋人之所

能盡言明必契鄙言耳

林宗本載有此條乃從南中一士大夫藏本錄之者然林宗本亦多誤以不知楊公原本今定落何處耳安得快覩一洗余之積疑乎

六月二十三日雅僊識

跋畢

文心雕龍是中國第一部文学理論批評巨著。作者劉勰。東莞莒人。今山東莒縣人。南朝齊梁時傑出的文學理論批評家。明代王惟儉文心雕龍訓故本。是第一部文心雕龍注释本。寫於萬歷年間。被專家稱為文心雕龍版本中的珍品。今山东莒縣文心齋委托書社影印此本。無論是對莒縣廣大的文心愛好者。還是對海内外學者而言。都是一件意義重大影响深遠的事情。

莒人李明高識